戰國成語與齊文化 上

周功鑫 主編

目 錄

門庭若市

《戰國策·齊策》中，有這樣的故事。

大約在公元前355年，齊威王聽了宰相鄒忌的話，要獎勵勇於向他提意見的臣民。於是，他向國民頒佈了一道命令說：「誰能夠當面舉出我的過失，就能獲得優厚的獎賞。」頒令一出，便有很多人走到齊威王的宮殿裡，向他提意見，令齊國宮殿變得如同市場般熱鬧。齊威王還言出必行，真的獎勵了向他提意見的人。

齊威王樂於接受意見的廣闊胸襟，令周圍的諸侯對他感到欽佩，紛紛表示願意接受齊國的領導。這樣，齊國不用出動武力，便能讓各國臣服了。

這就是成語「門庭若市」的由來。

◎ 戰國時期：公元前476年至公元前221年。

公元前356年，年輕的齊威王即位，但他經常沉溺在娛樂中，還特別喜愛彈琴。

◎ 齊威王：生於公元前378年，卒於公元前320年。（左二）

隔年初春，齊威王召見了一名琴師。琴師演奏完後，齊威王問他：
「你叫什麼名字？」

琴師身高八尺，不卑不亢地回答：「小民名鄒忌。」

齊威王漫不經心地翻開鄒忌的自薦書，看了看，說：「你的琴彈得
不錯，那就留在宮中做我的琴師吧！」

◎ 鄒忌：生於公元前385年，卒於公元前319年。（左）

一天，齊威王在宮中彈琴，鄒忌突然闖進來，大聲誇讚道：「大王的琴音真是美妙啊！」

本來陶醉在自己琴聲中的齊威王，被鄒忌突如其來的讚美聲打斷，他不高興地說：「你只是隨便聽聽，便說寡人彈得好，這太過於敷衍了吧！」

鄒忌笑著說：「大王的琴音，大小弦發出的琴音都很優美，彼此之間互不干擾，十分和諧，由此便可以聽出大王彈得好了。」

齊威王聽了，覺得很有道理，神色和悅起來，說：「看來，你是真的懂得欣賞音樂呢！」

鄒忌回答齊威王說：「我不僅能評論音樂，還懂得從音樂中獲得治
理國家和安撫人民的道理呢！」

齊威王聽了，有些惱怒，大聲斥責鄒忌說：「你簡直胡言亂語！治理國家的道理怎麼可能來自於琴弦中呢！」

鄒忌沒有被齊威王的怒氣所震懾，他神色平靜地拱起雙手，向齊威王解釋說：「大弦好比國君，小弦好比宰相，彈琴的力度如同政令；這三方面彼此配合得當，便能演奏出美妙的樂音。一個國家，如果國君、宰相及政令三方面都搭配得和諧，這個國家的政治便自然昌明了。」

鄒忌的話，令齊威王對他刮目相看，他認為鄒忌是個有見識、有深度的人才，於是，便任命他為齊國的宰相。

自從任鄒忌為宰相之後，齊威王更專注政務，不再耽於逸樂了。

一天，鄒忌在齊威王的宮殿裡，與齊王閒談，他忽然問齊威王：
「大王，您認識住在臨淄城北的徐公嗎？」

齊威王說：「當然認識了，他是臨淄城中有名的美男子啊！」鄒忌
便向齊威王說起了前幾天在他家中發生的趣事。

◎ 臨淄城：今山東省淄博市臨淄區。

那天，鄒忌穿戴好衣服，對著鏡子調整衣冠，他突然轉頭過來問妻子：「夫人，你覺得我與徐公，誰更好看呢？」

鄒忌的妻子笑著走過來，一邊為他整理服裝儀容，一邊說：「在我看來，夫君比徐公帥氣多了。」

鄒忌離開房間，準備出門，正好遇到他的小妾。於是，他又問小妾：「你說說看，我與徐公比，誰更好看呢？」

小妾嬌媚地回答：「當然是老爺勝過徐公了。」

第二天，鄒府來了個客人，是一個想要拜入鄒忌門下的年輕人。鄒忌與這人十分投契，兩人相談甚歡。

客人臨走前，鄒忌想到了昨天早上問妻子和小妾的問題，於是又問客人說：「你覺得我與徐公，誰更俊美呢？」

客人沉默了一下，回答道：「先生，您比徐公俊美多了。」

幾天後，徐公來鄒府拜訪。在廳堂上，鄒忌一邊招待徐公，一邊暗自打量著對方的衣著及容貌。只見徐公的身高雖然與自己差不多，但是舉手投足間，所散發出來的氣質，實在令他自歎不如。

徐公離去後，鄒忌回到房間，望著鏡中的自己，忍不住歎息說：「我實在比不上徐公啊！」

那天晚上，鄒忌躺在床上，不停地想著：「為何我的妻子、小妾和客人都說我比徐公好看呢？」

幾度輾轉反側，他終於想到了答案。

鄒忌將自己的想法告訴齊威王，說：「臣自知長得不如徐公好看。
然而，因為我的妻子偏心我，我的小妾害怕我，我的客人有求於
我，於是，他們都說我比徐公好看。」

鄒忌嚴肅地對齊威王說：「現在的齊國，佔地千里，有城池一百二十座。后妃和隨從們，都偏袒大王；朝廷中的大臣，又都懼怕大王；齊國的附庸小國們，又都有求於大王。他們的心態如同我的妻子、小妾和客人一般，對大王您只會讚美。他們這樣，只會蒙蔽大王，讓大王對自己的缺點視而不見，實在不是一件好事啊！」

齊威王覺得鄒忌的話很有道理。於是他下了一道命令說：「如果有
人能夠當著寡人的面前，指出寡人的過失的話，將會獲得優厚的獎
賞。若是用書面文字提意見，也可以獲得獎賞。如果在市井中議論
朝政，而意見又能夠傳入寡人的耳中，當然也能夠獲得獎勵。」

齊威王的政令一下，大臣們便紛紛來到齊威王的宮殿，要向齊威王當面提意見。他們擠在宮殿前的庭院裡，你一言，我一語地發表自己的意見。原本安靜的宮殿，一時間變得如同市集一樣熱鬧。而齊威王也遵守自己的諾言，對提出建議的官員們，給予了豐厚的獎勵。

幾個月後，當面向齊威王進諫的大臣少了，但政令仍然在民間發酵著，大家公開地討論齊國內政上做得不夠好的地方。齊威王同樣重視百姓們的想法，凡是能夠說出道理的人，他都給予獎勵，並且依照百姓的意思，改正缺點。

由於齊威王樂於接納意見，齊國在內政上很快便得到了改善。一年後，一個外地人來到齊國，不時聽到民眾對齊威王的讚美。

他好奇地問：「你們的大王究竟做了些什麼，讓你們對他如此讚頌呢？」

民眾們向他講述了一年前齊威王的政令，並且高興地告訴他：「現在的齊國，政治清明，人民安居樂業，比一年前進步多了！」

外地人回到自己的國家後，講述在齊國的見聞時，特別提到齊威王：「他廣納建言，獲得齊國人民的愛戴。」

　　齊威王的事蹟很快便傳遍各國，燕國、趙國、韓國、魏國等國的國君見齊國的政治清明、制度完善，都敬佩齊威王勇於接受臣民的意見，更仰慕齊威王的氣度，甚至願意向齊國稱臣來了。

鄒忌以自己的生活瑣事作比喻,向齊威王說明了臣民會因為畏懼他,而不敢對他說真話。齊威王接受了鄒忌的建議,讓臣民當面向他提意見。於是,很多人走到他的宮殿前,準備當面向他提意見,這令他宮殿前的庭院變得好像市集一般熱鬧。

「門庭若市」，原本是形容前來提意見的臣民眾多，令宮殿的庭院有如市集般喧鬧。後來，人們便用「門庭若市」來形容來者眾多，場面十分熱鬧。

圖畫知識

① 琴

參考湖北棗陽九連墩1號墓出土
戰國時期的漆木十弦琴，湖北
省博物館藏。

（圖見PP.10-11）

01　02

02 曲裾深衣

為戰國時期流行的服裝樣式,特色是把上衣與下裳一體剪裁,衣緣是交領曲裾,左側衣緣較長,並且裁剪成角狀,穿著時向右側環繞身體一周到兩周,並以腰帶在腰間束繫著。參考湖南長沙子彈庫楚墓出土戰國時期的人物御龍帛畫,湖南省博物館藏。

03 玄端冠

為戰國時期官員常戴的頭冠樣式。據《新定三禮圖》資料重繪。

（圖見PP.20-21）

04 銅鏡

參考山東淄博臨淄區商王村出土戰國時期的錯金銀鑲嵌綠松石銅鏡，山東博物館藏。自製彩繪圖。

05 齊國女子服飾

齊國服飾的特色為前襟短小、袖筒緊窄、領緣與袖緣邊窄，以及上面有點、線等幾何紋飾。參考山東淄博臨淄區趙家徐姚村西北齊墓出土戰國時期的陶俑，齊文化博物院藏。

（圖見PP.22-23）

⑥ 銅燈

戰國時期的燈，是以動物油脂為燃料。參考山東淄博臨淄區商王墓出土戰國時期的鳥柄銅燈，淄博市博物館藏。自製彩繪圖。

⑦ 書寫工具箱

收納毛筆文具與修治竹簡工具的木製箱子。參考河南信陽長台關出土戰國時期的書寫工具箱，河南省文物考古研究院藏。

⑥　　　　　⑦　　　　　（圖見PP.26-27）

⑧ 漆木床

戰國時期的家具，如床、案類，多為木製，上有髹漆。參考河南信陽楚墓出土戰國時期的漆木床，據《信陽楚墓》資料重繪。

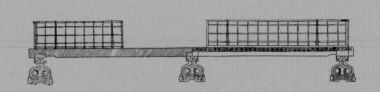

⑨ 竹枕

參考河南信陽楚墓出土戰國時期的竹枕。自製線繪圖。

09

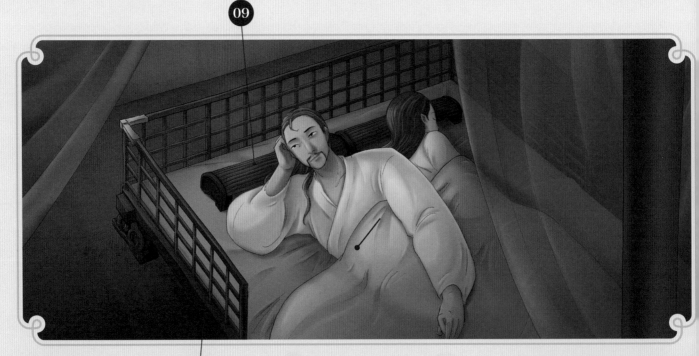

（圖見PP.30-31）

08

⑩ 金版

戰國時期的貨幣之一，使用時可切成小塊。參考戰國時期的金版，上海博物館藏。

⑪ 直裾短衣

為戰國時期常見的服裝。直裾有長及足背的深衣，也有短衣。一般百姓與武士多穿著短衣與褲子，方便活動。參考山西長治分水嶺出土戰國時期的青銅武士像。自製彩繪圖。

（上圖見PP.34-35，下圖見PP.38-39）

一鳴驚人

司馬遷在《史記·滑稽列傳》中，講述了戰國時期淳于髡（音同
「昆」）激勵齊威王的故事。

戰國時期，齊威王即位之初，沉迷於酒色逸樂中，不理朝政。不過齊
威王喜好聽人講隱語、打啞謎。當時有一位因能言善辯而聞名的淳于
髡，向齊威王獻上一個啞謎，謎面是齊王宮庭裡來了一隻三年不飛也

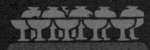

不鳴的大鳥，讓齊威王猜這是什麼樣的鳥。齊威王聽了淳于髡的話，頓時明白，這不飛也不鳴的大鳥是在暗指自己沒有作為，齊威王就回以「此鳥不飛則已，一飛沖天；不鳴則已，一鳴驚人」，從此，振作精神，勵精圖治，齊國因而富強起來。

◎ 戰國時期：公元前476年至公元前221年。

一個初夏的黃昏，齊國臨淄城西的稷下學宮沐浴在晚霞金色的餘暉中，庭園內草木扶疏，淡紫與粉紅的木槿花爭相綻放，景色十分迷人。這時，從學宮裡湧出一群人，他們像是剛剛結束了一場激烈討論的學者，一邊走，還一邊議論著齊國的事情，討論的熱情絲毫未減。

◎ 臨淄城：今山東省淄博市臨淄區。

「齊桓公當年真有遠見，辦了這所稷下學宮。這些年來，這裡培養出來的人，為各諸侯國所用，貢獻真不少啊！」一個趙國學者說。

另一個楚國學者感慨地說：「自從有了稷下，齊國的國力也提升了不少。可惜當今的齊威王只顧飲酒作樂，不理朝政。現在，有些諸侯已經要來侵犯齊國了，他還不作準備。在他身邊的大臣，也沒有一個人站出來勸諫他。情況實在令人擔憂啊……」

在場的人聽了，紛紛搖頭歎息起來。只有身高不足七尺的淳于髡沒有說話，他眉頭深鎖，若有所思。

◎ 齊桓公：此處指田齊桓公，生於公元前400年，卒於公元前357年。齊國本為姜姓（呂氏）統治，田氏篡位之後，沿用齊國名號。史學家遂稱姜齊與田齊以作區別。

◎ 淳于髡：約生於公元前383年，卒於公元前290年。（右一）

◎ 稷下學宮：齊國為了招攬天下人才，在臨淄的稷門附近設講堂建華宅，讓天下名士來此講學、論政，齊宣王時是全盛時期。

有人見淳于髡沉默不語，便上前問他說：「淳于先生，您向來能言善辯，應該去提醒一下齊威王啊！」

這時，其他人都圍過來了，慫恿淳于髡去勸諫齊威王。淳于髡見大家都那麼看得起他，便說：「我倒還真想去試試看。」

「太好了，您經常出使各國，每次都能達成使命。您可以告訴我們您的諫言嗎？」楚國學者高興地問。

淳于髡笑了笑，說：「如果事成，大家自然就會知道。」

這一天，齊威王又在宴請百官。在大家酒酣耳熱之際，淳于髡忽然說了個啞謎，大家便興致勃勃地猜了起來，當有人猜對了，淳于髡便接著說另一個啞謎。於是，大家便一個接一個地猜，場面熱鬧有趣。齊威王猜得特別投入，他是猜啞謎的好手。

◎ 齊威王：約生於公元前378年，卒於公元前320年。（右三）

最後，淳于髡恭敬地朝著齊威王，説了這樣的啞謎：「大王，有一隻體形碩大，非常威武的大鳥，牠在齊國王宮庭園裡已經三年了。可是，三年來，從來沒有人見過牠飛，也沒有人聽過牠叫。大王，請您猜猜，牠是什麼鳥？」

齊威王聽出淳于髡是在暗喻自己，說他當了三年齊國國君，並沒有
什麼作為。其他大臣聽了，都在暗暗地為淳于髡捏一把冷汗，怕他
的話惹惱了齊威王。一時間，大家都不敢說話。

正當眾人都屏住呼吸的時候，齊威王忽然哈哈大笑起來，接著，他用堅毅的語調回應淳于髡說：「先生說的這隻鳥，可不是一隻普通的鳥。牠雖然暫時不飛，但是如果牠飛的話，一飛便沖上天；牠雖然長久不發聲，但是如果牠開口的話，叫聲會響得令人震驚。」

看到齊威王說得這般豪氣，在場的人都為淳于髡鬆了一口氣，不再擔心齊王會懲罰他了。大家還對淳于髡的幽默和智慧感到十分佩服呢！

齊威王從此振作了起來。他事事親力親為，為了瞭解各縣城人民的
情況，他派人到各地去探訪、調查，並且根據結果，派人去支援。

齊威王還把七十二位縣令都請到宮裡來，逐一仔細詢問各縣城治理
的情形。這天，齊威王召見了即墨大夫和阿城大夫。

向來寡言、不善交際的即墨大夫，與各官員只是寒暄幾句後，便沒有話說了。而經常饋贈禮物予各官員的阿城大夫，卻很受歡迎，很多人圍著他在說話。

◎ 即墨大夫：生卒年不詳，指掌管即墨的官員，活躍於齊威王期間。（左一）
◎ 阿城大夫：生卒年不詳，指掌管阿城的官員，活躍於齊威王期間。（右頁前排紫衣者）

當齊威王問到即墨大夫即墨的情況時，他對地方政務都能有條不紊地清楚作答，而且，他還向齊威王提出建議。

齊威王聽完之後，滿臉笑容地對他說：「自從你治理即墨以來，寡人幾乎每天都聽到有人批評你。可是，從你剛才所說的話，便知道

你做事十分盡責。寡人曾派人到即墨去視察，當地發展快速，百姓生活富足，官府做事有效率又能方便人民，即墨因此變得安定和繁榮。看來，你只是不善於交際，不會逢迎他人罷了！你把即墨治理得很好，寡人要封賞你一萬戶的食邑。」

◎ 食邑：指古代君主賜予臣子的封地。

齊威王接著又問阿城大夫，只見他避重就輕地回稟。

齊威王邊聽邊皺起了眉頭，之後，對阿城大夫說：「自從你治理阿城以後，寡人每天都能聽到人們對你的好評。但從你剛才的說法，實在感受不到你曾用心去管治阿城。寡人曾派人到阿城去探查，發現那兒一片荒蕪，百姓生活艱苦。官府對於朝廷的派令，都不執行。

那麼，朝中眾臣對你的好評，應該是你靠送贈禮物換來的吧！」

於是，齊威王下令烹殺阿城大夫，並且把之前曾經吹捧過他的臣子，也一起處置。

消息傳開後，各級官吏人人警惕，誠實做事，不敢虛浮。

有一次，南方的楚國大軍侵犯齊國邊境，情勢十分危急，於是齊威王便
安排淳于髡帶著百斤黃金和十輛馬車，去向趙國討救兵。當齊威王告訴
淳于髡他的安排後，淳于髡笑到連繫冠的帶子都給扯斷了。

齊威王見狀，問淳于髡：「先生是否嫌我準備的禮物太少了呢？」

淳于髡說：「臣下怎麼敢這樣想呢。」

齊威王再問：「那麼，先生到底為什麼笑呢？」

淳于髡說：「臣只是想起今天早上見到那個農夫祭天的情況，感到好笑罷了。他只用一塊豬蹄和一杯酒，便向神明祈求他種地所得的糧食，可以盛滿籌籠；祈求他種在田地裡的米黍，能夠裝滿車輛；祈求他種植的五穀，都能豐收，米糧能夠裝滿他的糧倉。臣見他的祭品那麼寒磣，卻祈求那麼多，所以覺得很好笑。」

齊威王明白了，趕緊把送給趙國的禮物添加為千鎰黃金、十雙白璧玉和一百輛馬車。淳于髡帶著禮物，直奔趙國，成功地請到了救兵。楚軍聽到趙國出兵支援齊國，便連夜撤兵了。

◎ 鎰：古代的計量單位，一鎰為二十四兩，也有一說為二十兩。

齊威王向來貪杯好酒，喜歡在晚上飲酒作樂。危機解除了，齊威王高興極了，於是擺設酒宴款待淳于髡。宴席上，齊威王打趣地問淳于髡：「先生喝多少酒才會醉呢？」

淳于髡回答：「臣可以只喝一斗酒便醉，也可以喝一石酒才醉。」齊威王覺得奇怪了，問說：「先生既然喝一斗酒就醉了，怎麼還能喝一石酒呢？」

淳于髡回答説:「大王賜酒給臣的時候,有執法官員在旁,有御史在後,臣要膽戰心驚地低下頭伏在地上喝。這樣,喝不到一斗就醉了。」

「如果臣和父母長輩的客人飲酒,要捲起袖子、彎著身子敬酒,客人會不時賞些殘酒給臣喝,臣要不停地舉杯回敬。這樣,喝不到兩斗就醉了。」

「若是遇到許久未見的朋友，一起開心地飲酒回憶往事。這樣，臣大概喝上五、六斗才會醉。」

「如果是在村里的聚會，男男女女混在一起，彼此一邊敬酒，一邊玩著六博和投壺等遊戲。在這樣開心的氣氛中，臣就算喝上八斗酒，也不過只有兩三分的醉意而已。」

◎ 六博：春秋戰國時期流行的博弈遊戲，遊戲雙方各使用六根筷子、六枚棋子，故稱「六博」。

◎ 斗：為容積單位。戰國時期，齊國一斗約為現今2050毫升。

◎ 石：為容積單位。十斗為一石，約為現今20500毫升。

淳于髡笑著說：「如果喝到天黑了，這時，男女同席，大家促膝而坐。主人把別的客人都送走了，卻單單留下了我。那時候，臣心裡最暢快，能喝得下一石酒啊。」

說到這裡，淳于髡收起了笑容，嚴肅地說：「酒喝得太多，人就不理智了；歡樂到了極點，就會轉化出悲痛來。世上所有事情都不可以過頭啊。」

齊威王明白淳于髡是在勸誡他，不要再沉迷於飲酒作樂之中。於是他心存感激地回答說：「先生說得很有道理。」

自此以後，齊威王不再徹夜不眠地飲酒作樂了，他指派淳于髡擔任
負責接待諸侯和賓客的官員。凡是齊國宗室設宴的時候，便會安排
淳于髡在一旁陪伴，以便隨時提醒，有所節制，不會做出過份的行
為。在齊威王努力經營下，齊國國勢變得蒸蒸日上。

齊威王登位初期，生活荒誕，大臣們雖然知道情況不妥，但都不敢向齊威王進諫，只有博學多聞的淳于髡勇於站出來，婉轉地勸說齊威王，說他有如一隻不飛不叫的大鳥。他的話激勵了齊威王，齊威王以「此鳥不飛則已，一飛沖天；不鳴則已，一鳴驚人」來回應他，並且，從此振作起來，勵精圖治，令齊國從此富強起來。

後來，人們以成語「一鳴驚人」來比喻有才華的人，雖然表面平凡無奇，但是，一旦讓他遇到可以發揮能力的機會，便能作出令人意想不到的傲人成績。

圖畫知識

01 組玉佩

為戰國時期身份及君子的象徵，人們將君子的品德比擬為玉。參考山東淄博臨淄區商王墓出土戰國時期的組玉佩。自製彩繪圖。

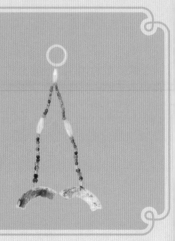

（上圖見PP.54-55，下圖見PP.56-57）

02 高冠與曲裾深衣

高冠（編按：即高帽）為戰國時期楚國流行的
冠式。曲裾深衣為戰國時期流行的服裝樣式，
特色是把上衣與下裳一體剪裁，衣緣是交領曲
裾，左側衣緣較長，並且裁剪成角狀，穿著時
向右側環繞身體一周到兩周，並以腰帶在腰間
束繫著。參考湖南長沙子彈庫楚墓出土戰國時
期的人物御龍帛畫，湖南省博物館藏。

03 銅鉢

為戰國時期常用的量器。參
考山東膠縣靈山衛古城出土
戰國時期的左關鉢，上海博
物館藏。自製彩繪圖。

03

（圖見PP.78-79）

④ 銅燈

戰國時期的燈，是以動物油脂為燃料。參考戰國時期的高柄燈，淄博市博物館藏。自製彩繪圖。

⑤ 銅鼎

為戰國時期常用的食器，用來盛放熟肉。參考江蘇漣水三里墩西漢墓出土戰國時期的錯金銀蓋鼎，南京博物院藏。

（圖見PP.60-61）

06 銅豆

為戰國時期常用的食器，用來盛裝食物。根據《禮記》記載，豆的數量按偶數分等，天子二十六豆，諸侯十二豆，上大夫八豆，下大夫六豆。圖畫中的豆參考戰國時期的錯銅絲鑲綠松石蓋豆。自製彩繪圖。

07 小銅鼎

小銅鼎是用來盛放調味料的食器。參考湖北隨州曾侯乙墓出土戰國時期的小銅鼎，湖北省博物館藏。

08 銅匕

匕是用來取食的食器。參考戰國時期的鑲白玉鐵柄銅匕，淄博市博物館藏。自製彩繪圖。

⑨ 席案

參考湖北棗陽九連墩2號墓出土戰國時期的漆案，湖北省博物館藏。

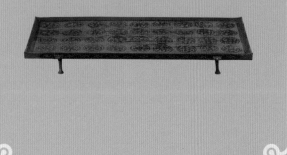

⑩ 壺

為戰國時期常用裝酒或水的器物。參考戰國時期的立鳥壺，南京博物院藏。

⑪ 銅燈

戰國時期的燈，是以動物油脂為燃料。參考山東諸城葛埠口村出土戰國時期的人形銅燈，中國國家博物館藏。自製彩繪圖。

⑫ 銅敦

為戰國時期常用的食器，功能和當今的碗類似。參考戰國時期的陳侯午敦，中國國家博物館藏。自製彩繪圖。

⑬ 耳杯

為戰國時期盛酒的酒器，參考戰國時期的耳杯，淄博市博物館藏。自製彩繪圖。

⑭ 耳墜

參考山東淄博臨淄區商王墓出土戰國時期的鑲嵌綠松石金絲耳墜，淄博市博物館藏。自製彩繪圖。

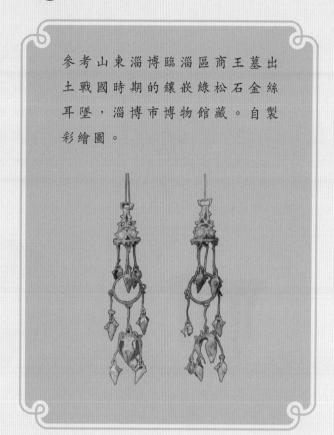

(圖見PP.62-63)

⑮ 漆木俎

俎是切割與盛裝熟肉的器具。參考湖北棗陽九連墩2號墓出土戰國時期的漆木俎，湖北省博物館藏。

⑯ 糧倉

「倉」為戰國時期的糧食儲存設施。參考戰國時期的陶倉，平涼市博物館藏。自製彩繪圖。

⑰ 銅壺

為戰國時期常用來裝酒或水的銅器。參考山東諸城臧家莊出土戰國時期的鷹首提梁壺。自製彩繪圖。

（圖見PP.76-77）

⑮ ⑯

⑱ 銅壺

投壺所用的銅壺。參考中山王墓出土戰國時期的三犀足筒形器，河北省文物研究所藏。

⑲ 組玉佩

為戰國時期身份及君子的象徵，人們將君子的品德比擬為玉。參考山東淄博臨淄區商王墓出土戰國時期的組玉佩，淄博市博物館藏。自製彩繪圖。

（上圖見PP.80-81，下圖見PP.72-73）

事半功倍

公元前320年，齊威王逝世，齊宣王即位。當時社會混亂，天下分裂成多個國家，年輕的齊宣王有意統一天下。這時，孟子來到齊國，他向齊宣王講解推行仁政的好處，齊宣王十分認同孟子的主張。得到齊宣王的賞識，孟子便決定留在齊國，一展抱負。

成語「事半功倍」出自《孟子・公孫丑》。孟子向學生公孫丑解釋「王天下」與「霸天下」的分別。孟子認為齊國地大、百姓多，老百姓又渴望仁政，如果齊王在這時施行仁政，會得到加倍的效果。

◎ 戰國時期：公元前476年至公元前221年。

初春，大地還沒出現綠意，孟子卻對前程滿懷希望，在各國之間遊歷，尋找能讓自己一展抱負的地方。他先到魏國，看到魏襄王無所事事的樣子後，黯然離去。

離開魏國後，孟子要到齊國去看看。齊威王逝世後，年輕的齊宣王繼位。這時的齊國，內政清明，國力強盛。齊宣王企圖一統天下，

他的雄心壯志，吸引了孟子。

◎ 孟子：生於公元前372年，卒於公元前289年。名軻，鄒國人。（左二）

◎ 魏襄王：生年不詳，卒於公元前296年。因遷都於大梁（今河南開封），故又被稱為梁襄
王。（左一）

◎ 齊威王：約生於公元前378年，卒於公元前320年。

◎ 齊宣王：約生於公元前350年，卒於公元前301年。（右一）

來到齊國後，孟子沒有馬上去拜見齊宣王，而是先在齊國到處視察。他看見齊國地廣人多，感到十分振奮，心想：「這麼大的國家，具備推行仁政的好條件啊！」

於是他去求見齊宣王。

聽到以仁義著稱的孟子要來拜見自己，齊宣王興奮得從座位上站了
起來，他對旁邊的侍從說：「前來見寡人的，真是孟軻嗎？那真是
太好了！如果他願意留在齊國幫助我治理國家的話，那麼，我相
信，離齊國稱霸天下的日子，該不遠了！」

齊宣王在大殿中央興奮地來回走動，一見孟子在殿前出現，便熱情
地攙扶住孟子，陪著他走進大殿。

看見齊宣王這樣熱情地歡迎自己，孟子打從心底高興，他開心地
想：「看來，這次我真的能夠一展鴻圖了！」

齊宣王非常高興孟子來見，對孟子說：「寡人久仰先生大名，今天，請先生和寡人說說，齊桓公和晉文公是如何成就霸業的呢？」
孟子回答說：「在下是孔門弟子，對齊桓公和晉文公霸天下的事，不願多說。倒是可與大王談談如何施行仁政，才能王天下。」

齊宣王好奇地問：「王天下和霸天下，有不同嗎？」

孟子說：「大王如果以武力強取天下，政權一定不會長久。但如果用
仁政管理天下，那麼，民心歸順，大王自然能夠得到天下了。」

◎ 齊桓公：生年不詳，卒於公元前643年，為春秋五霸之一。
◎ 晉文公：生年不詳，卒於公元前628年，為春秋五霸之一。

齊宣王問：「像寡人這樣的人，也能夠以仁德服眾嗎？」

孟子說：「聽說大王不忍心宰殺牛作為祭禮，而改用羊代替。如果大王把這種發自內心的仁愛之情，放在百姓身上，讓百姓吃得飽、穿得暖，免於饑餓和寒冷。那麼，大王要王天下，便不困難了。」

聽到這裡，齊宣王突然站起來，向孟子深深鞠了一個躬，說：「請先生留在寡人的身邊，輔佐寡人施行仁政以王天下吧！」

孟子連忙站起來，拱手說：「臣甚榮幸，能為大王效力。」

孟子被齊宣王任命為卿的事，很快地便傳遍了齊國。知道老師受到
齊宣王的賞識，孟子的學生們同樣感到高興。

「太好了！齊王果真有識人之明啊！看來，老師這次可以在齊國好好發揮自己的才華了！」一個孟子的學生興奮地說，旁邊的也紛紛點頭表示認同，個個憧憬著未來。

◎ 卿：此處指客卿。即春秋戰國時期，請別國的人來本國當官，並以客禮對待的意思。

這天，孟子氣定神閒地坐在案前，學生公孫丑欣喜地走上前，對孟子說：「老師，這次您與齊王談得投契，他邀請您入朝輔佐他。看來，您可以重現管仲和晏子的功績了！」

孟子淡淡然回答說：「你還真是齊國人呢，只曉得管仲和晏子。」

公孫丑露出靦腆的笑容，沒想到，孟子竟然認真地說：「以管仲的作風，曾西都不願意把自己與他相比，你怎麼拿他來跟我比較呢！」

◎ 公孫丑：生卒年不詳，孟子的學生，齊國人。（左）
◎ 管仲：生於公元前725年，卒於公元前645年。齊國政治家，齊桓公時任宰相。
◎ 晏子：生於公元前578年，卒於公元前500年。名嬰，齊國外交家、政治家，齊景公時任宰相。
◎ 曾西：生卒年不詳，曾子的孫子。

聽孟子的語調，公孫丑知道自己說錯話了。他想了一會兒，再問孟子：「老師，管仲輔佐齊桓公，讓齊國稱霸天下四十年；晏子輔佐齊景公，讓齊景公揚名於世。他們的功業，還不夠顯著嗎？」

孟子輕鬆地回答說：「如果只是要讓齊國王天下，讓齊宣王揚名於世，這對我來說，是易如反掌的事啊！」

◎ 齊景公：生年不詳，卒於公元前490年。（右三）

看見老師那麼自信，公孫丑再問：「老師，周文王活到近百歲，他的仁德作風，也未能被天下人所接受；他的兒子周武王和周公，繼續推行仁政，也要經歷很長時間，才能獲得大眾的認同。照老師的意見，文王是否也不值得我們效法呢？」

◎ 周文王：生卒年不詳。由其子武王追封為文王。

◎ 周武王：生卒年不詳。西周的創建者。

◎ 周公：生卒年不詳。又稱作周文公，活躍於周武王與周成王期間。

孟子微笑地反問公孫丑：「你知道，在周文王之前，從湯到殷武丁，商朝總共出了多少位賢明的君王嗎？」公孫丑想了一下，說：「前後總共有六、七位吧！」

孟子說：「這就是了，在武丁之前，民心早已歸服於商朝了，因此，武丁要振興殷商，就好像把彈丸放在掌心中轉動一般容易。紂王亡國時，離武丁的時代並不是很遠，當時，社會上還保存著良好的制度和風俗。

紂王雖然暴虐，但是，他還有微子、比干、箕子等賢德的大臣輔佐，所以，經過一段日子，他才失去天下。那時的老百姓，一下子沒法接受改朝換代的改變。周文王、周武王、周公三人經過一百年便能夠統一天下，已經是極為難得的了。」

◎ 武丁：生年不詳，卒於公元前1192年。商朝君王。（左二）

◎ 紂王：生年不詳，卒於公元前1046年。商朝最後一位君王帝辛，「紂」為周武王所封之惡謚。（右二）

◎ 微子、比干、箕子：《論語》所稱「殷有三仁」。

孟子問公孫丑說：「你是齊國人，你必定聽過『雖有智慧，不如乘勢；雖有鎡基，不如待時』這句諺語吧？」

公孫丑一臉茫然地回答道：「學生聽過。這句話是勸人：即使擁有智慧，也不如把握好時機；雖然有耕種的農具，也應該等待適合耕作的時節。」

◎ 鎡基：音同「資基」，又可作「鎡錤」，為耕種時用的大鋤頭。

孟子滿意地說：「現在便是好時機了。夏、商、周三朝最興盛的時候，疆土也沒有齊國今天這般遼闊。現在的齊國，國力雄厚、人口眾多，這都是推行仁政以王天下的有利條件呀！」

他深深吸了一口氣，繼續說：「今天的老百姓，經歷動盪不安的日子太久了，他們都希望有一位明君來領導他們！他們對於明君的渴求，就像是饑餓的人，只要有食物就可以了！又像是口渴的人，只要有水喝便行了！當下，便是推行仁政的最佳時機了。」

孟子講得激動，忍不住站了起來，向外走去。公孫丑馬上站起來，
跟在老師後面。

他們看著門外齊國街道上的熱鬧景象，孟子轉頭對公孫丑說：「你看，齊國富足、強盛，如果齊王能夠施行仁政，百姓們必然會感到歡喜，並且衷心感激齊王，因為齊王解除了他們多年來如同被倒懸般的痛苦啊！」

看著對前景充滿希望的孟子，公孫丑終於理解老師話中的意思了。
孟子望向遠方，語重心長地說：「在得到天時和地利的情況下，宣
揚德政，速度會比驛站傳遞命令還要快。那麼，只需花前人一半的
工夫，便能夠得到加倍的效果了。」

看著老師自信又朝氣勃勃的臉，公孫丑也感到喜悅。師徒二人的腦
海中不約而同地浮現出實施仁政之後，百姓們歡樂的情景。他們相
互對望，不禁莞爾。

孟子見齊宣王，二人談得投契，齊宣王立即授予孟子公卿的官職，
孟子認為自己可以在齊國一展抱負了。

孟子在與學生公孫丑的對話中，談及農夫耕作，在有好時機和優良
工具的情況下，可以減少辛勞，而獲得更好的收穫。他以此為例，
說明當時正是他由齊國向天下推行仁政的好機會。

成語「事半功倍」是說，在進行計劃時，如果能配合天時、地利、人和等三個條件因素，收穫會比預期的要更多及更好。

圖畫知識

01 馬車

馬車為戰國時期趙武靈王推行「胡服騎射」之前重要的交通工具。自趙武靈王始，騎馬與乘馬車都成為了通用的交通方式。參考山東淄博臨淄區淄河店2號墓11號車復原圖，據《中國古代車與馬具》資料重繪。

02 魏

戰國時期晉系文字的「魏」字，據《戰國古文字典》資料仿寫。

03 齊

戰國時期秦系文字的「齊」字，據《戰國古文字典》資料仿寫。

（圖見PP.100-101）　　02　　01　　03

04 竹簡

為戰國時期書寫媒介。
參考戰國時期的竹書，
上海博物館藏。

05 窗

參考山東淄博臨淄區郎
家莊1號東周墓出土漆器
上的窗型圖樣。自製線
繪圖。

06 銅殳

為戰國時期侍衛的守備
兵器。參考陝西西安秦
始皇帝陵出土銅殳首，
秦始皇帝陵博物院藏。

04

05

06

（圖見PP.104-105）

⑦ 石硯與研石

戰國時期的硯為石硯，因此時的墨尺寸偏小，多為丸狀或塊狀，使用時需將研石壓著墨塊，以磨出墨汁。參考湖北雲夢睡虎地秦墓出土戰國時期的石硯與研石。自製線繪圖。

⑧ 雁足燈

戰國時期的燈，以銅燈為主，以動物油脂為燃料。銅燈的造型有多種，如豆形燈、連枝燈、人形燈，以及雁足燈。大雁自古被視為靈物，以雁足為燈，寓意祥瑞。參考山東淄博臨淄區商王墓出土戰國時期的雁足燈，淄博市博物館藏。自製彩繪圖。

(圖見PP.114-115)

07

08

09 「商」字

甲骨文的「商」字，據漢字古今字資料庫資料仿寫。

10 商代服飾

參考河南安陽殷墟婦好墓出土商代玉人。自製彩繪圖。

09

10

（圖見PP.120-121）

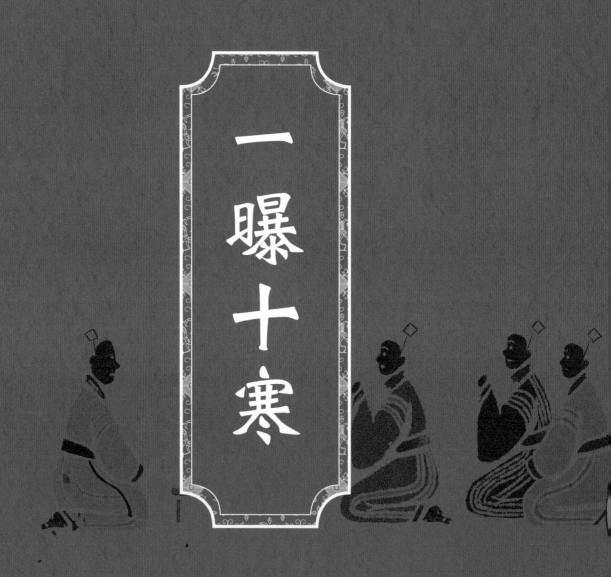

一曝十寒

成語「一曝十寒」源自《孟子·告子上》。

戰國時期，孟子在齊國擔任客卿，他得到齊宣王的信任，曾經以齊國外交官的身分出訪他國。

齊宣王雖然欣賞孟子的才華，但是，他更喜歡和一班奉承他的小人在一起，他沒有認真思考孟子的治國理念，也沒有專注治理國家。因此，孟子有感而發地說：「如果植物在猛烈的陽光下曬了一天之後，接著的十天在冰凍的環境中度過，這樣，即使是最容易生長的植物，也是沒法長成的。」孟子以此比喻希望齊宣王專心治國。

◎ 戰國時期：公元前476年至公元前221年。

「新年到了！」孟子望著天空，自言自語地說：「不知不覺，我來
齊國已經兩年了。」

◎ 孟子：約生於公元前372年，卒於公元前289年。名軻，鄒國人。（右一）

兩年前，孟子來到齊國，齊宣王很欣賞他的才華，邀請他擔任自己的客卿。可是，除了孟子，在齊宣王身邊還有很多客卿和大臣，他們每個人都有自己的政治主張，一時間，齊宣王不知道該採用誰的理念來治國才好，他對孟子推行的仁政，更是無法領會。

看著齊宣王身邊那一群愛自誇的臣子，孟子總是緊鎖著眉頭。

◎ 齊宣王：約生於公元前350年，卒於公元前301年。（右三）
◎ 客卿：春秋戰國時期，請別國的人來本國當官，並以客禮對待。

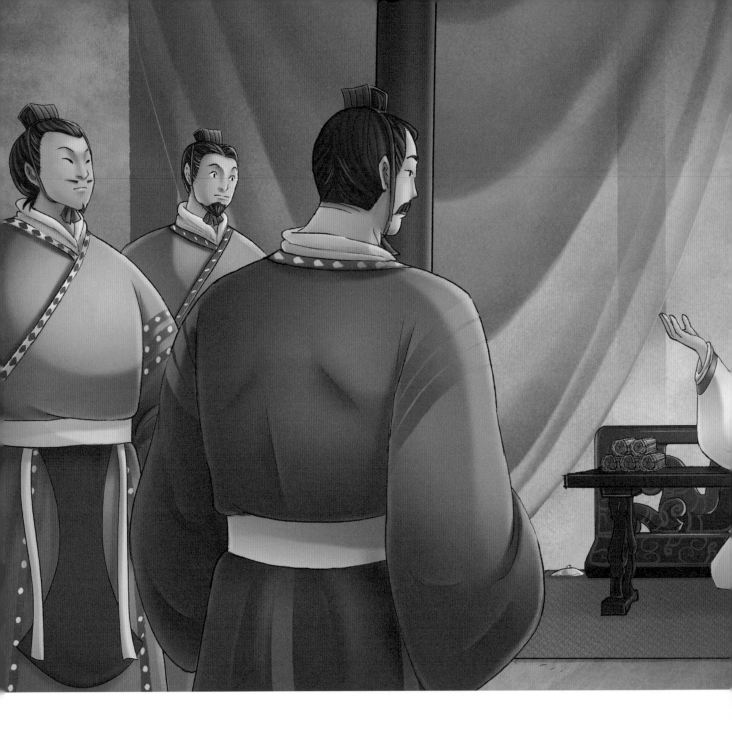

當時，滕國政治清明，雖然地方很小，但人民生活安定，百姓們都很愛戴他們的滕文公。

在齊宣王四年，滕文公去世，滕國舉國哀傷。這天，齊宣王在朝會中感歎：「滕文公走了！」

孟子聽了，走上前，對齊宣王說：「大王，滕文公的賢能，得到了

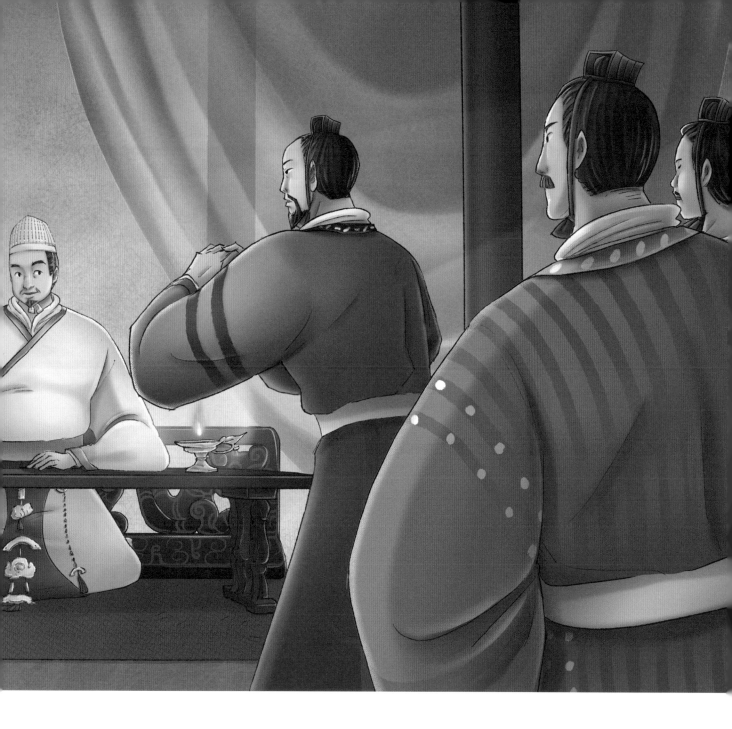

天下人的頌揚。這時候，如果大王能夠派使者前去滕國弔唁，便可
以彰顯出大王的寬宏氣度！」

齊宣王說：「孟卿家的話很有道理。那麼，就派你出使，代替寡人
前往滕國致哀吧。」孟子行禮領旨。

◎ 滕國：戰國時期的小國，位於今山東省滕州市西南。
◎ 滕文公：生年不詳，卒於公元前316年，滕國君主。

齊宣王又說：「至於副使，就請王驩一起前往吧！」

王驩馬上急步走上前下跪，面露諂媚的笑容，道：「臣領命。」

這時，孟子的臉色頓時變得沉重起來。

◎ 王驩：生卒年不詳，字子敖。（右三）

隔天早上，孟子和王驩在齊國宮門前會合。王驩見到孟子，馬上走上前打招呼：「孟大人早安，我們可以出發了嗎？」

孟子點點頭，便上了馬車。王驩見孟子對自己態度冷漠，便收起了
笑容，也隨即上了車。一行人等便出了城門，前往滕國去了。

由齊國到滕國，要幾天的路程，王驩每天都來向孟子問安，孟子每次都只是冷淡地回應，沒有和王驩正式交談。

到了滕國，孟子和王驩便前往宮殿，以正副大使的身份，向新任國君滕元公致哀，並且按禮節依次弔唁了滕文公。在和滕元公的應對間，王驩表現得意氣風發，常常搶在孟子之前發言，完全忘記了真

正代表齊國的是孟子，自己只不過是孟子的助手呢！

對於王驩這樣喧賓奪主的表現，孟子繼續保持沉默，沒有說過半句話。隨行的學生都感到奇怪。

◎ 滕元公：生卒年不詳。

回程時，孟子在車內閉目養神，他的學生公孫丑，終於忍不住了，他問孟子：「老師，王驩是蓋邑的大夫，又是此次出使的副使，可見他深得大王的寵信。可是，在出使的這些日子中，老師卻對他不理不睬，這是為什麼呢？」

孟子睜開眼，看見公孫丑用擔憂的眼神望著自己，心中實在有些不忍，便說：「我明白你的意思，你覺得我這樣冷淡地對待大王的寵臣，不妥當吧！不過對於王驩這樣愛阿諛奉承，又常誇誇其談的

人，我實在沒興趣和他交往啊！」

孟子突然用比較輕鬆的口吻說：「反正，工作已經順利完成了，我又何必再跟他多說話呢？」

◎ 公孫丑：生卒年不詳，孟子的弟子，齊國人。

◎ 蓋邑：「蓋」（國語音同「葛」，粵語音同「夾」），為齊國城邑名，位於今日山東省沂水縣西北。

回到齊國後，孟子仍然努力地勸齊宣王推行仁政。

一天早朝，孟子向齊宣王闡述施行仁政的重要性，他發覺齊宣王表現得心不在焉。他突然改變話題，向齊宣王說：「大王，前陣子臣有一個朋友要到南方的楚國去，於是便把妻子和子女託付給他的好朋友照顧。可是，當他由楚國回來的時候，竟然發現妻子和子女過

著挨餓受凍的日子。大王，如果我們遇著這樣不負責任、不可信靠
的朋友，我們該如何是好呢？」

齊宣王皺了皺眉頭，回答說：「天下間竟然有這樣不顧道義的人？
如果是寡人的話，一定會與他斷絕來往。」

孟子又說：「日前，在臣出使的路上，看到有一個地方的首長，無
法管理好自己的屬下。大王，您說這又該如何是好呢？」

齊宣王神色凝重地回答說：「如果這位首長如此沒有能力，自然是撤換他，讓有才能的人來管理了！」

這時，孟子突然抬起頭，望著齊宣王，嚴肅地說：「那麼，如果作為一國之君，沒有辦法將自己的國家治理得妥當，那又該如何是好呢？」

齊宣王開始明白孟子說話中的含意了，他苦著笑臉說：「國君嘛……總有些事情是身不由己的……」

聽到這裡，朝中的官員們開始竊竊私語起來：「這個孟軻，怎麼這樣說話啊？」

正當齊宣王感到尷尬萬分，不知如何回應孟子的時候，在一旁的王
驩突然開口說：「啟稟大王，臣有一事相告。」

齊宣王馬上鬆了一口氣，說：「王卿家有何事？快說吧！」

王驩隨口說了些鄉野傳聞，將大家的注意力引開了。

這時候的孟子，神色凝重，不再說話了。

朝會結束後，孟子回到家中。

學生們看見老師滿懷心事的樣子，都忍不住出言安慰，他們勸孟子說：「老師，您別想得太多了。大王只是一時聽不進您的勸告罷了！」

孟子對著學生，感歎地說：「大王不聽規勸，是理所當然的事啊！
這好比種植，如果讓植物只在猛烈的陽光下曬一天，接著的十天便
讓它冷凍著，這樣，就算是天下最容易種的植物，也是無法生長的
啊！我在大王身邊的時日很短，我一離開，其他大臣便對大王阿諛

奉承，那我的治國理念也就成了大王的耳邊風，無法在他的心中萌芽了。唉！我真是白費力氣啊！」

聽了孟子的比喻，學生們也都不再說話了。

孟子接著說道：「如果讓擅於下圍棋的弈秋，教兩個弟子下棋，一個是專心致志地學習，把弈秋的教誨全都記在心上；另一個雖然也跟隨弈秋學下棋，可是一心想著這時正是大雁過境，該拿弓箭射

雁。這二人雖然都跟隨弈秋學棋，但是後者在棋藝上，一定是比不
過前者的啊！」

◎ 弈秋：生卒年不詳。古代善弈者，名秋。

孟子語重心長地問學生們：「難道，是因為後者的天分比不過前者嗎？」

學生們低頭沉思，沒有人敢抬頭看孟子。其中一名學生歎了口氣，
自言自語地說：「當然不是，只是不能專心而已！」

孟子惆悵地回應：「確實如此，齊宣王如果無法全心全意地治理國
家，他也就無法成就大業了。」

孟子以植物的生長，來譬喻成就大業，應該要有恆心，要專心致志。他說，即便是最容易生長的植物，在只曬了一天太陽後，接著的十天都處在冰凍的環境中，也是沒法生長得好的。

「一曝十寒」，是以劇烈的環境變化，來譬喻做事的態度反覆，缺乏恆心，結果，無法成就事業。

01 漆畫

戰國時期是漆器的重要發展時期，已出現以漆描繪當時人們生活情景的漆畫，也是中國藝術史上最早的人物畫。當時漆器上的漆畫已有多種色彩，當中以紅、黑二色為主。本書的成語背景與成語運用兩部分的說明，背景特別採用戰國時期的漆畫風格呈現，是為了重現當時的繪畫特色。本漆畫參考湖北荊門包山2號楚墓出土戰國時期的漆奩（音同「廉」）風格（漆奩是當時女子放置梳妝用品的盒子），湖北省博物館藏。

（圖見PP.140-141）　　01

02 齊國男子服飾

齊國服飾的特色為前襟短小、袖筒緊窄、領緣與袖緣邊窄，以及上面有點、線等幾何紋飾。參考山東淄博臨淄區趙家徐姚村西北齊墓出土戰國時期的陶俑，齊文化博物院藏。

03 組玉佩

為戰國時期身份及君子的象徵，人們以玉比喻君子的品德。組玉佩大多以一璧或一環搭配一璜的形式組成。身份越高的人，配掛的玉佩件數越多，搭配也越複雜。參考山東淄博臨淄區商王墓出土戰國時期的組玉佩。自製線繪圖。

02 03   （圖見PP.142-143）

④ 書案

參考湖北隨州曾侯乙墓出土戰國時期的漆案，湖北省博物館藏。

⑤ 屏風

為戰國時期室內裝潢常用的擺飾。參考湖北江陵天星觀1號墓出土戰國時期的彩繪木雕雙龍座屏，荊州博物館藏。自製彩繪圖。

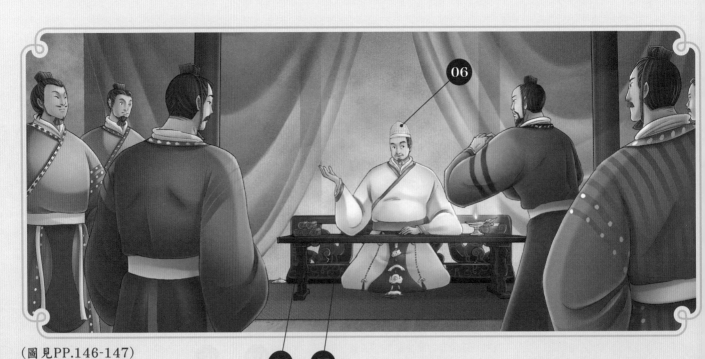

（圖見PP.146-147）

⑥ 皮弁冠

戰國時期君王的頭冠稱皮弁冠。冠用白鹿皮所製,且縫綴有五種不同顏色的寶石。據《新定三禮圖》資料重繪。

⑦ 卿級馬車

戰國時期的馬車為獨輈車,意即輈(車轅)為單根,主要裝在車廂的中部。參考山東淄博臨淄區淄河店2號墓出土馬車復原圖,據《臨淄齊墓(第一集)》資料重繪。

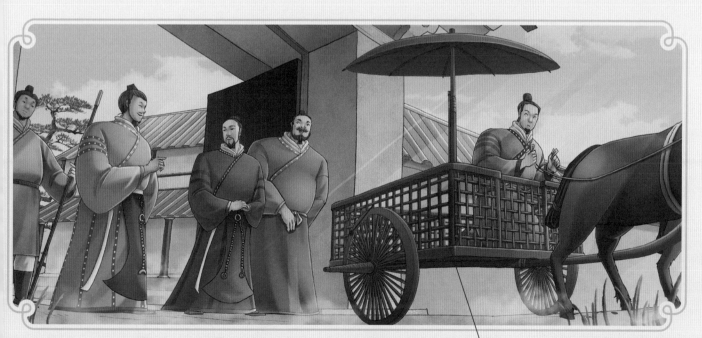

07

(圖見PP.150-151)

⑧ 斬衰服

為戰國時期兒女為父母服喪的服裝，據《新定三禮圖》資料重繪。

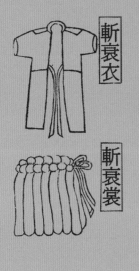

斬衰衣

斬衰裳

⑨ 齊衰服

為戰國時期一般百姓為國君服喪的服裝，據《新定三禮圖》資料重繪。

齊衰衣

齊衰裳

⑩ 毛筆

戰國時期書寫方式是用毛筆寫在竹簡上。參考湖南長沙楚墓出土戰國時期的毛筆，湖南省博物館藏。

（圖見PP.152-153）

08   09

⑪ 席鎮

戰國時期人們在室內活動時，常會跪坐在席子上，為防鋪席四角不平整，常會用頗具重量的銅製席鎮放在席子的四角。參考湖北棗陽九連墩出土戰國時期的銅席鎮，湖北省博物館藏。

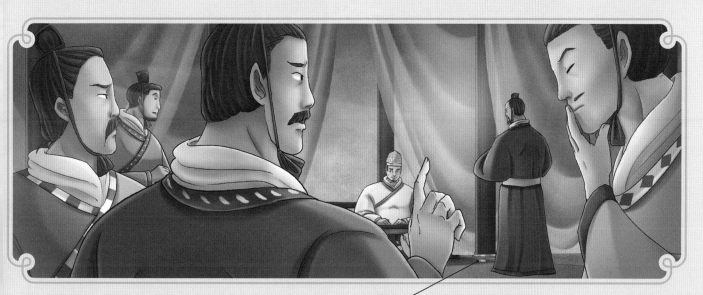

（上圖見PP.156-157，下圖見PP.162-163）

水深火熱

成語「水深火熱」出自於《孟子‧梁惠王下》篇。

故事發生在大約公元前314年，孟子在齊國當官的時候。當時，燕國君王噲提出禪讓王位給相國子之，引發燕國太子平和相國子之爭奪王位的內亂。齊宣王想借機出兵併吞燕國，孟子勸齊宣王，戰事將給燕國百姓帶來痛苦，還不如幫助燕國找一位好國君，讓燕國回復安寧，

但齊宣王認為這是個難得的好機會，沒有聽從孟子的勸告。

成語「水深火熱」形容當時燕國的百姓們，既要面對國家的內亂，又要面對鄰國軍隊的侵犯，生活痛苦難熬。

◎ 戰國時期：公元前476年至公元前221年。

這是一個秋末冬初的清晨，天剛破曉，氣溫清涼。齊國都城臨淄的城門剛剛打開，一輛馬車便緩緩地駛了進來。

◎ 臨淄：今山東省淄博市臨淄區。

坐在馬車內的蘇代，正用手掀開馬車簾子的一角，觀察著繁華的臨淄街道。而坐在蘇代對面的，是一位年輕人，他面色蒼白，神色不寧。

蘇代放下車簾，輕輕歎了口氣，對年輕人說：「公子，我們到達臨淄城了。」

年輕人是燕王噲的一個兒子，他是被送來齊國當質子的，他正為自己的未來而感到惶恐。蘇代是燕國的大臣，他的任務是照顧公子，來到齊國，他同樣也感到忐忑不安。

◎ 蘇代：生卒年不詳，活躍於燕王噲與齊宣王期間。（左）

◎ 質子：戰國時，各諸侯國之間為了政治利益，經常會把太子或者王孫送到別的國家裡做人質，稱為質子，用以取得對方的信任。

幾年過去了，蘇代得到了齊宣王的信任，同意讓他回燕國報告質子的情況。燕王噲見到蘇代，趕忙問：「寡人的兒子怎麼樣？」

蘇代一一稟明。

燕王噲笑道：「那真是太好了，齊王不愧是個有格局的人。他最近好嗎？」

蘇代沉思了一下，回答說：「不能說齊王很好，在許多事情上，他都會親力親為。」

燕王噲反問：「親力親為，有什麼不好呢？」蘇代回答說：「在齊國的臣子們眼中，齊王是信不過他們，才會事事過問啊！」

◎ 燕王噲（音同「快」）：生年不詳，卒於公元前314年。（右一）
◎ 齊宣王：約生於公元前350年，卒於公元前301年。（左一）

燕王噲笑道：「寡人對子之就是完全地信任，現在所有事情都交給他處理，所以寡人才會如此悠閒啊！」

這時，站在一旁的相國子之面帶笑容，走上前向燕王噲作揖，道：「臣感謝大王的厚愛。」燕王噲開懷大笑起來，君臣之間氣氛十分融洽。

◎ 子之：生年不詳，卒於公元前314年。（右一）
◎ 相國：即宰相。

幾天之後，燕王噲接見了一個名為鹿毛壽的隱士。鹿毛壽向他提出了一個建議：希望他將王位禪讓給相國子之。燕王噲聽後，大聲呵哮起來，說：「荒唐！荒唐之極！王位怎麼可以隨意讓出！」

面對燕王噲的盛怒，鹿毛壽不急不忙地說：「古時候的聖賢堯帝，曾經提出要禪位給許由。結果，許由沒有接受。堯帝得到了天下

人的稱讚，說他是一位賢明的君主，而他仍然是天下人的領袖。現在，即便大王說要將王位禪讓給子之，他也一樣會不敢接受。這樣，您既可以得到賢明君主的美名，又不會失去王位，那不是兩全其美嗎？」

◎ 鹿毛壽：生卒年不詳，燕國人，活躍於燕王噲與齊宣王期間。（左一）
◎ 堯：生卒年不詳，傳說中的古代賢明帝王。
◎ 許由：生卒年不詳，堯帝時代的賢者。

聽完鹿毛壽的解釋，燕王噲想了一會兒。突然，他拍手大聲叫道：
「好！這真是一個好主意！」鹿毛壽見燕王噲接受了他的話，便繼
續說：「後來的禹帝，也曾經想過禪位給益。雖然益具有才華，但
是，最後王位仍落在禹帝的兒子啟手上，因此，後人對於禹帝的評
價便不如堯帝了。」

聽完鹿毛壽的話，燕王噲點頭表示贊同，他說：「沒錯！若是太子
平的勢力過於強大，世人也會取笑我，說我說禪位只是空話而已。

既然如此，那便傳我的命令，凡俸祿三百石以上的官員，都交由子
之決定好了。」自此之後，子之獲得了極大的權力。在朝堂上，百
官只聽子之的，對燕王噲的存在似乎視而不見，子之更像燕國的君
主，連燕王噲都得聽子之的安排。

◎ 禹：生卒年不詳，傳說中的古代賢明帝王。
◎ 益：生卒年不詳，夏禹時代的人物。
◎ 啟：生卒年不詳，夏禹的兒子。

不久，燕王噲真的宣佈，將王位禪讓給子之！

燕王噲的兒子太子平知道這消息後，生氣極了，他對他的幕僚們
說：「我的父王真是糊塗！他將王位讓給別人，那我這個太子還算
什麼呢？」幕僚們都為太子平感到不平，認為燕王噲的決定大錯特
錯。在幕僚們的煽動下，太子平計劃向子之開戰，奪回王位。

太子平與子之的衝突的消息，很快便傳到齊國。齊宣王很關心鄰國
的安定，他馬上和相國儲子商討這件事，他們決定支持太子平。獲
得了齊國的援助，太子平立刻出兵討伐子之。

◎ 太子平：生年不詳，卒於公元前314年。（右頁持劍者）
◎ 儲子：約生於公元前370年，卒於公元前300年。

為了爭奪燕國的王位，太子平和子之兩方人馬爭打不休。正當燕國
人民被內亂弄得苦不堪言，感到惶恐不安的時候，民間傳來齊國將
要派軍隊來協助平息事件的消息，燕國的百姓們聽了，都十分欣
喜，祈盼著齊國的軍隊早日前來解救他們。

不久，齊國將軍匡章率領著齊軍來到了燕國邊境。城裡的百姓們爭
相告知：「解救我們的齊軍終於來了。」

他們自發地打開了城門，迎接齊軍入城，並且忙著張羅齊軍們的飯菜。得到燕國百姓們的協助，齊國的軍隊在短短五十日內，便佔據了燕國的許多城市。

◎ 匡章：約生於公元前360年，卒於公元前290年。齊國名將，活躍於齊宣王期間。（著軍服及披風者）

齊軍受到燕國百姓們的熱烈支持，讓原本只是想調停燕國內鬥的齊宣王，有了新的念頭：「既然燕國人民如此支持我軍，乾脆將燕國併入齊國的版圖好了。」

齊宣王把想法告訴他的臣子們。臣子們有的贊同,有的反對,形成
兩派,為此事爭論不休,而齊宣王更舉棋不定了。

朝會後，齊宣王留下孟子，並問道：「孟卿啊，朝堂上，有人覺得應該進一步奪取燕國，有人認為不應該。我齊國和燕國國力原本是差不多的，這次，我們能夠在很短的時間內把燕國拿下來，實在是上天的庇佑啊！若是錯過這次的機會，恐怕不會再有第二次了。您認為是嗎？」

孟子低頭沉思了一會兒，回答說：「回稟大王，臣認為這次齊國能夠輕易地取下燕國，是因為得到了燕國百姓的幫助。燕國百姓之所以歡迎齊

軍，是因為我軍進城之前，他們的生活已經被國內的奪權鬥爭弄得苦不堪言了。他們盼望我軍去解救他們，才會主動開城門迎接我們。」

齊宣王聽著孟子的讚揚，想著燕國百姓自動自覺、心悅誠服地歡迎齊軍的畫面，不由得露出了得意的微笑。

◎ 孟子：生於公元前372年，卒於公元前289年，名軻。（右一）

沒想到，孟子話鋒一轉，嚴肅地說：「如果他們知道齊國軍隊是前去佔領他們國土，他們將會國破家亡，過著如同被深水淹沒、被烈火炙烤般的生活的話，他們連躲避都來不及了，怎麼可能開城門，迎接齊軍呢？」

孟子的話，如同一盆冷水，澆在齊宣王的頭上，他馬上沉下臉來，
不說話了。

齊宣王的臉色，也告訴了孟子，他是不會放棄攻佔燕國的。孟子原
本想再勸諫，但齊王卻向孟子揮揮手，示意孟子離去，孟子無可奈
何，只得作揖離開了。

聽了孟子的分析，齊宣王內心開始搖擺不定。

隔日齊宣王上朝時，相國儲子一馬當先地站出來向大王進言：「大王，我認為我國應該趁著這個難得的機會，一舉拿下燕國！」

儲子身旁的官員們紛紛附和著他的意見。一時間，朝堂上贊成佔領
燕國的聲勢蓋過了其他人，齊宣王在朝臣們的鼓動下，把孟子勸他
的話完全拋諸腦後，決定進軍強佔燕國。

齊宣王命令匡章領兵入燕，齊國軍隊很快便攻破了燕國的首都薊城。他們殺死了燕王噲，抓住了想逃走的子之，把他剁成肉泥，還毀壞了燕國的宗廟，掠奪燕國王宮裡的財物重器……

看到齊國軍隊的凌厲攻勢和兇狠的行為，燕國的百姓們為家國即將滅亡而感到恐懼和憤怒，他們群起反抗齊軍。

與此同時，諸侯各國因為害怕齊國佔取燕國後，國力會變得更加壯大，於是，便組成了聯軍，準備一同對付齊國，援救燕國。

◎ 薊城：今北京。

齊宣王知道各國聯軍準備對付齊國的消息後，派人請孟子來商討對策。

孟子聽齊宣王說了他的憂慮後，義正詞嚴地說：「大王，天下各國本來已十分忌憚大王的威勢。現在，我們佔領了燕國，將國土擴大了一倍，令燕國百姓們面臨亡國之痛。是我們引來了各國的聯軍和憤怒的燕國百姓啊！」

聽了孟子的指責，齊宣王感到十分尷尬。但眼下的情況讓他感到十
分為難，他只好厚著臉皮繼續問孟子：「請教先生，如今該如何是
好呢？」

孟子說：「如今之計，只有考慮燕國百姓的福祉，為他們選出一位
適合的明君，讓我軍體面地撤離燕國，才能止住各國的聯軍繼續前
進了。」

然而，齊宣王捨不得放棄已經到手的燕國國土，最終並沒有聽取孟子的建議。

為了解救燕國，韓、秦、魏、楚四國聯軍一同攻打齊國。在腹背受敵的情勢下，齊宣王只好退兵。期間，齊國已經損失了不少軍力。

在朝堂上，齊宣王懊惱地對孟子說：「如果一早聽孟卿的話就好
了！」

聽到齊宣王的感歎，孟子忍不住搖頭歎息，無奈地對齊宣王說：
「以暴制暴，只會將原有的優勢給毀了。凡事不能只看眼前啊！」
孟子對齊宣王感到徹底失望，不久，就離開了齊國。

戰國時期，不單各國之間時常發生戰爭，各國內部也經常因為爭奪權力而發生糾紛。統治者只看到戰爭勝利後給自己帶來的權勢，而忽略了百姓們因戰爭而飽受痛苦，讓他們宛如生活在深水以及烈火當中。

成語「水深火熱」，是形容生活極為痛苦，讓人難以忍受。

圖畫知識

01 帶鉤

為戰國時期流行的腰帶鉤飾。參考戰國時期的獸首帶鉤，上海博物館藏。

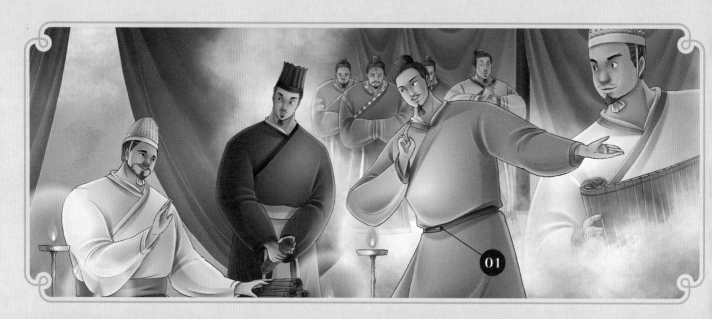

（上圖見PP.190-191，下圖見PP.192-193）

220

⑫ 銅燈

戰國時期的燈，是以動物油脂為燃料。參考河北平山出土銀首人俑銅燈，河北省文物研究所藏。

⑬ 直裾深衣

為戰國時期常見的服裝。參考河北易縣高陌鄉武陽台村出土青銅人，河北省文物研究所藏。

03

（圖見PP.194-195）

04 甲冑

戰國時期的甲冑（即盔甲）是將皮革裁成片塊狀，以紅色線繩組綴而成。參考湖北棗陽九連墩出土戰國時期的皮冑與皮甲，湖北省博物館藏。

05 女子髮式

戰國時期女子的髮式，有的是將頭髮梳向腦後，編成一束垂於背後。參考河北平山中山國墓出土戰國時期的玉人。自製線繪圖。

（圖見PP.202-203）

06 女子髮式

戰國時期女子的髮式，有的是將長髮於頭後挽起，用絲帶紮成髮髻。參考湖南長沙陳家大山楚墓出土戰國時期的人物龍鳳帛畫，湖南省博物館藏。

06

07 曲裾深衣

為戰國時期流行的服裝樣式，男女皆可穿著。參考湖南長沙仰天湖出土戰國時期的彩繪木俑。自製彩繪圖。

⑧ 燕國宮殿脊飾

屋脊上的裝飾，參考河北易縣燕下都宮殿脊飾示意圖，據《宮殿考古通論》資料重繪。

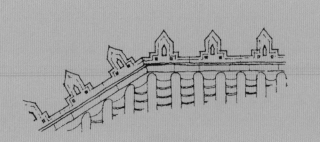

（上圖見PP.198-199，下圖見PP.206-207）

224

⑨ 熏爐

為熏香用具，內放香料性植物，用來熏衣或淨化環境。參考山東淄博臨淄區商王墓出土戰國時期的熏爐。自製線繪圖。

⑩ 暖爐

暖爐為取暖用器。參考戰國時期的人形足方爐，淄博市博物館藏。自製彩繪圖。

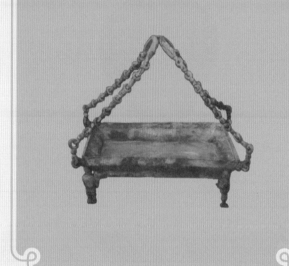

⑩

(圖見PP.210-211)

⑪ 銅壺

為裝酒或水的盛器。參考戰國時期的陳璋方壺。自製彩繪圖。

⑫ 銅壺

為裝酒或水的盛器。參考戰國時期的陳璋圓壺，南京博物院藏。

（圖見PP.212-213）

⑬ 銅劍

參考戰國時期的銅劍，淄博市博物館藏。自製彩繪圖。

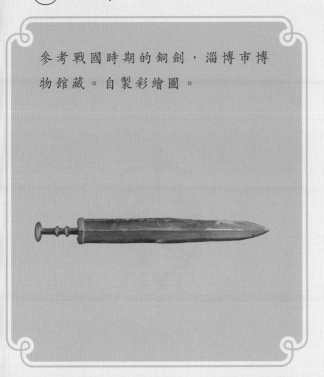

⑭ 銅戈

銅戈是戰國時期常見的兵器，適用於勾割、啄擊。參考戰國時期的銅戈，淄博市博物館藏。自製彩繪圖。

⑮ 楚

戰國時期楚系文字的「楚」字，據《戰國古文字典》資料仿寫。

⑯ 秦

戰國時期秦系文字的「秦」字，據《戰國古文字典》資料仿寫。

（圖見PP.214-215）

  17

⑰ 韓

戰國時期秦系文字的「韓」字，
據《戰國古文字典》資料仿寫。

⑱ 燕

小篆的「燕」字，據漢字古今資料
庫資料仿寫。

齊國成語故事拾遺

作者 凌公山

這五則齊國成語故事，都發生在齊威王（公元前 356 年至前 320 年在位）和齊宣王（公元前 319 年至前 301 年在位）時期。

門庭若市

鄒忌用自己與徐公比美的事例，告誡齊威王不要受人蒙蔽。齊威王因此廣開言路，群臣紛紛進諫，朝廷一時熱鬧滾滾，像市場一樣。

鄒忌是因鼓琴而入仕，並接任相位。他是個音樂藝術的喜好者，投入表演藝術，並追求真善美。此外，在生活起居、社交往來，處處會講究美感。德國美學教育家席勒（Friedrich Schiller，1759-1805）認為藝術從整潔秩序開始，接著是人際關係的互重、互敬，最後到達理性和感性的平衡，物質與精神的調和。

鄒忌的一生，正是愛美的體現。他能意識到徐公比自己長相美，這是審美的結果。他能辨出妻妾的奉承，這是理性的認知。至於從樂理中體悟政事管理，從接觸中深入了解到人，為了私利竟可以做出違背良心的討好行為。因而要避免受蒙蔽，遠離假、惡、醜的陷阱，這是鄒忌的智慧。

智慧的追求，通常是經過觀察、體會、認識、閱歷、分析、歸納等途徑而獲得的。鄒忌是位智者，但是他生活太講究精緻、華麗，也害他落得奢侈的詬名，這是太看重物質的後果。

一鳴驚人

淳于髡以國中有大鳥卻三年不鳴作為隱喻，勸誡齊威王。齊威王聽出弦外之音，就自己說，這隻鳥不鳴則已，一鳴驚人，並從此振作。

淳于髡的勸誡所以成功，達到目的，是因為勸誡人一定要從正面、鼓勵的方式下手，這是合乎教育的原則和定律。淳于髡直說齊威王是體型碩大，非常威武的大鳥，讓被訓誡的齊威王，容易接受而反省。因此，齊威王聽了，不僅不惱怒，反而哈哈大笑起來。

今日教育學子，萬萬不可用負面的言詞，用恫嚇或責備的話語訓誡孩子們，這將會造成適得其反的結果。

故事中，淳于髡善用比喻來說事或規勸，齊威王想用小錢小惠，去趙國求救兵，為自己賣命捍衛齊國，淳于髡以小農祭天暗喻，使齊威王明白事理。

另外，淳于髡勸誡得法在於設身處地，把自己與對方視為同好、同類，然後把自身在不同環境、不同心情下的體會表達出來，最後總結酒醉並不能得到真正的歡樂，來提醒齊威王。如果一味指責酗酒之害，必導致反感，毫無效果。因此受歡迎的人，都能批判自己，自我調侃，開自己玩笑，挖苦自己，而不針對別人，反而更有勸誡的效果。

事半功倍

孟子周遊多國來到齊國首都臨淄。他認為齊國土地廣大，人口眾多，具備統一中國的基礎。另一方面，齊宣王對孟子的尊重，有心請教和嘗試的態度，加上民眾渴望解除虐政，如解除「倒懸」所受的苦。以孟子的勇氣和信心，有這樣的好形勢，相信仁政推行起來將會事半功倍。

這是孟子遊齊的初期。

他先引導齊宣王將稱霸的心志，改變為王天下的決心。勸齊宣王用仁政，把仁愛之心用到人民身上，用「施仁」解民之苦。

接著，孟子就齊宣王愛好音樂，喜歡享樂，又好貨好色，乃至於好勇等毛病，鼓勵齊宣王要將愛好擴大到人民身上，與民共同欣賞音樂（好樂），與民一起享樂，所謂樂民之樂，憂民之憂（好享樂）。使人民豐衣足食（好貨），讓男女都得婚配（好色），要將匹夫小勇，變為安天下之民的大勇（好勇），這就是王天下，以仁政統一天下的大業。

一曝十寒

孟子認為齊宣王不行仁政的原因，主要是寵臣奸小的包圍和影響，對於這樣的寵佞小人，表現了極大的厭惡，這從故事中孟子對王驩的態度便可知一二。孟子與王驩同赴滕國弔喪，一路上不與王驩言語，一切任王驩獨斷獨行，從不給王驩好臉色。

由於孟子見齊宣王的次數少，影響小，且齊宣王無心學善，就像容易種的植物，雖稍有萌芽，也不能長大，加上一日曝之，十日寒之，自然不能存活了。

齊宣王的不行儒道，孟子身為卿，有職責規勸和諫諍，因此，使孟子的仁政更難推動，真是事倍功半。

水深火熱

故事發生在齊宣王二年（公元前318年），燕王噲把君位禪讓給相國子之。太子平不以為然，與子之對立，燕國內部因而引起大動亂。齊宣王六年（公元前314年），齊派匡章伐燕，想一舉兼併燕國，燕國民眾原以為齊軍來救，不料齊國想併吞自己國家，內亂外患，孟子形容燕國民眾生靈塗炭如陷水火之中，因而反對，主張歸還擄獲的人民和重器，將君王安排妥當就離開。齊王最後沒有接受。

孟子在齊七年，仁政、王道、民貴、性善等理論都更成熟。由於齊宣王不能行仁政，最終孟子棄官而離開齊國。

「水深火熱」這句成語多用在戰亂百姓身上，戰亂中百姓面臨饑餓、疾病、離異、死亡等恐懼，因而渴望和平安定富足繁榮的生活。

作者簡介

凌公山，現任香港商小皮球文創事業有限公司台灣分公司董事長。曾任台北藝術大學副教授兼圖書館館長。

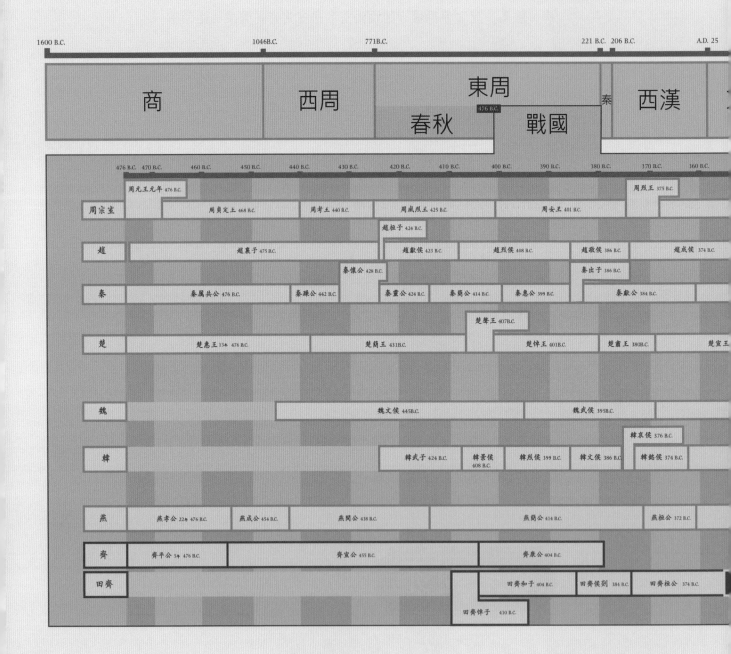

時間軸：1600 B.C. ── 1046B.C. ── 771B.C. ── 221 B.C. ── 206 B.C. ── A.D. 25

朝代：商 ｜ 西周 ｜ 東周（春秋、戰國）｜ 秦 ｜ 西漢　（476 B.C.）

	476 B.C.	470 B.C.	460 B.C.	450 B.C.	440 B.C.	430 B.C.	420 B.C.	410 B.C.	400 B.C.	390 B.C.	380 B.C.	370 B.C.	360 B.C.
周宗室	周元王元年 476 B.C.		周貞定王 468 B.C.		周考王 440 B.C.		周威烈王 425 B.C.		周安王 401 B.C.			周烈王 375 B.C.	
趙	趙襄子 475 B.C.					趙桓子 424 B.C.	趙獻侯 423 B.C.		趙烈侯 408 B.C.		趙敬侯 386 B.C.	趙成侯 374 B.C.	
秦	秦厲共公 476 B.C.			秦躁公 442 B.C.		秦懷公 428 B.C.	秦靈公 424 B.C.	秦簡公 414 B.C.	秦惠公 399 B.C.		秦出子 386 B.C. / 秦獻公 384 B.C.		
楚	楚惠王 13年 476 B.C.					楚簡王 431B.C.		楚聲王 407 B.C. / 楚悼王 401B.C.			楚肅王 380B.C.		楚宣王
魏				魏文侯 445B.C.						魏武侯 395B.C.			
韓						韓武子 424 B.C.	韓景侯 408 B.C.		韓烈侯 399 B.C.	韓文侯 386 B.C.	韓哀侯 376 B.C. / 韓懿侯 374 B.C.		
燕	燕孝公 22年 476 B.C.		燕成公 454 B.C.		燕閔公 438 B.C.			燕簡公 414 B.C.				燕桓公 372 B.C.	
齊	齊平公 5年 476 B.C.			齊宣公 455 B.C.					齊康公 404 B.C.				
田齊								田齊悼子 410 B.C.	田齊和子 404 B.C.		田齊侯剡 384 B.C.	田齊桓公 374 B.C.	

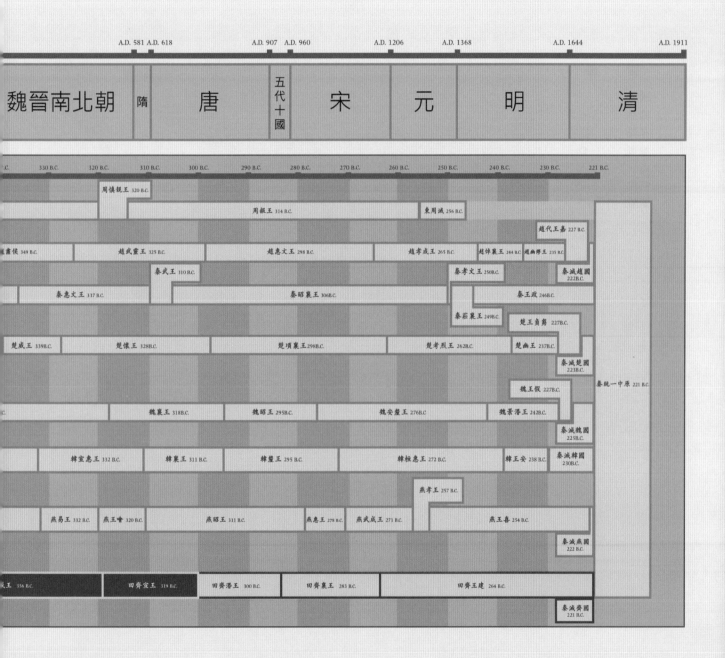

A.D. 581　A.D. 618　　A.D. 907　A.D. 960　　A.D. 1206　　A.D. 1368　　A.D. 1644　　A.D. 1911

魏晉南北朝　隋　唐　五代十國　宋　元　明　清

330 B.C.　320 B.C.　310 B.C.　300 B.C.　290 B.C.　280 B.C.　270 B.C.　260 B.C.　250 B.C.　240 B.C.　230 B.C.　221 B.C.

周慎靚王 320 B.C.
周赧王 314 B.C.　東周滅 256 B.C.

趙代王嘉 227 B.C.
趙肅侯 349 B.C.　趙武靈王 325 B.C.　趙惠文王 298 B.C.　趙孝成王 265 B.C.　趙悼襄王 244 B.C.　趙幽繆王 235 B.C.　秦滅趙國 222 B.C.
秦武王 310 B.C.　秦孝文王 250 B.C.
秦惠文王 337 B.C.　秦昭襄王 306B.C.　秦王政 246B.C.
秦莊襄王 249B.C.
楚王負芻 227 B.C.
楚威王 339B.C.　楚懷王 328 B.C.　楚頃襄王 298 B.C.　楚考烈王 262B.C.　楚幽王 237 B.C.
秦滅楚國 223 B.C.
秦統一中原 221 B.C.
魏王假 227B.C.
魏襄王 318B.C.　魏昭王 295 B.C.　魏安釐王 276B.C　魏景湣王 242B.C.
秦滅魏國 225B.C.
韓宣惠王 332 B.C.　韓襄王 311 B.C.　韓釐王 295 B.C.　韓桓惠王 272 B.C.　韓王安 238 B.C.　秦滅韓國 230B.C.
燕孝王 257 B.C.
燕易王 332 B.C.　燕王噲 320 B.C.　燕昭王 311 B.C.　燕惠王 278 B.C.　燕武成王 271 B.C.　燕王喜 254 B.C.
秦滅燕國 222 B.C.
田齊威王 356 B.C.　田齊宣王 319B.C.　田齊湣王 300 B.C.　田齊襄王 283 B.C.　田齊王建 264 B.C.
秦滅齊國 221 B.C.

戰國初年(350B.C.)列國疆域圖

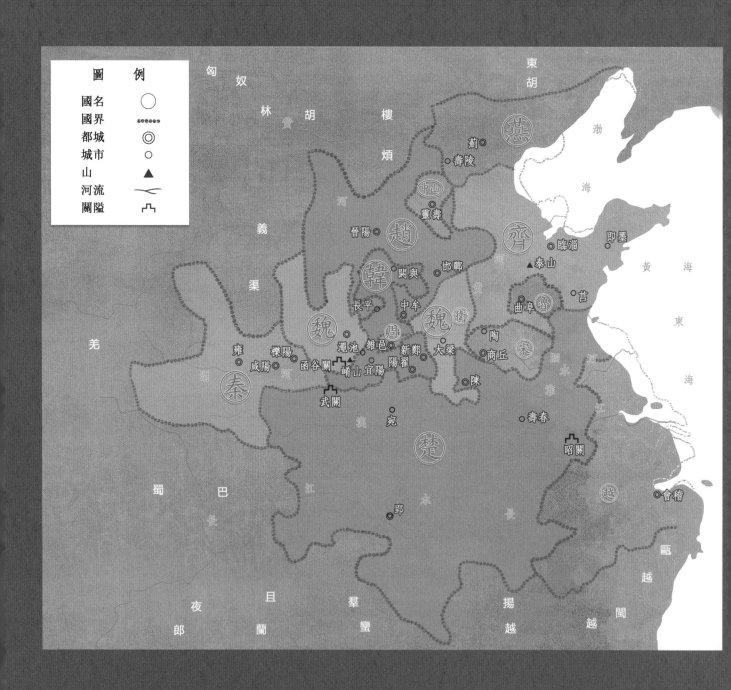

相關故事：門庭若市、一鳴驚人

馬陵戰後至即墨之戰(341B.C.-279B.C.)的列國疆域圖

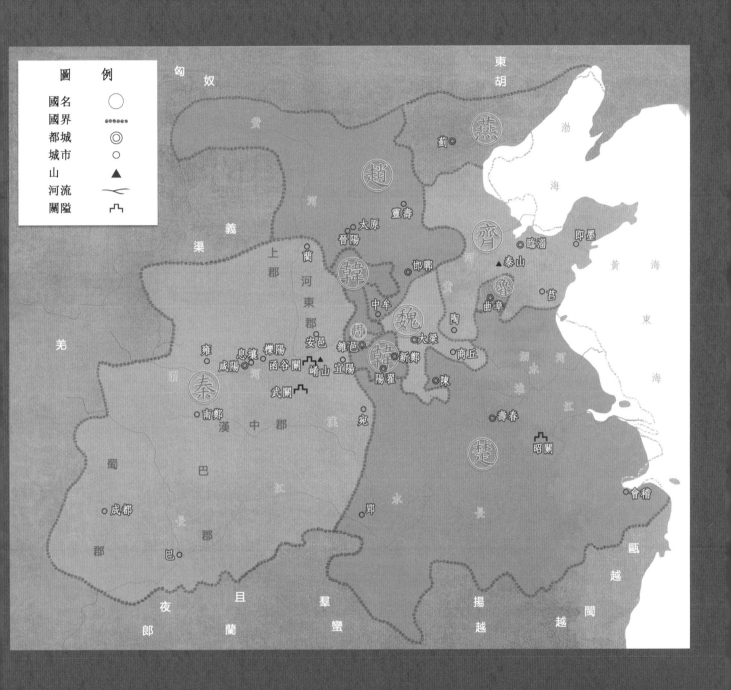

圖例

國名 ◯
國界 ●●●●●●
都城 ◎
城市 ○
山 ▲
河流 〜
關隘 凸

匈奴

東胡

燕

薊

趙

齊

義渠

河

太原 靈壽

晉陽

臨淄 即墨

渤海

黃海

東海

上郡

韓 邯鄲

泰山 魯

河東郡

中牟 陶 曲阜 莒

蘭

安邑 周 雒邑

羌

雍 櫟陽 魏 大梁

息壤 咸陽 函谷關 崤山 宜陽 新鄭 商丘

秦 武關 陽翟 陳

泗 淮 河

江

南鄭

漢中郡 宛 壽春

蜀 巴郡

昭關

成都

巴 郢 楚

長江

會稽

甌越

夜郎 且蘭 牂牁 閩越 揚越

相關故事：事半功倍、一曝十寒、水深火熱

239

參考書目

門庭若市

1. 〔宋〕聶崇義：《新定三禮圖》，北京：中華書局，1992。
2. 山東省文物考古研究所：《鑑耀齊魯：山東省文物考古研究所出土銅鏡研究》，北京：文物出版社，2009。
3. 孔祥星、劉一曼：《圖說中國古代銅鏡史》，福岡：中國書店，1991。
4. 白雲翔、清水康二：《山東省臨淄齊國故城漢代鏡範的考古學研究》，北京：科學出版社，2007。
5. 何琳儀：《戰國古文字典》，北京：中華書局，1998。
6. 夏征農、陳至立編：〈中國歷史紀年表〉，《辭海》，上海：上海辭書出版社，2011。
7. 高上雯：〈戰國時代的發展變遷與疆域圖之研究〉，《淡江史學》，2013年，25期，頁1-24。
8. 楊寬：《戰國史》，台北：台灣商務印書館，1997。
9. 楊寬：《戰國史料編年輯證》，台北：台灣商務印書館，2002。
10. 溫洪隆注譯：《新譯戰國策》，台北：三民書局，2006。
11. 群力：〈臨淄齊國故城勘探紀要〉，《文物》，1972年，05期，頁45-54。
12. 蔣伯潛編注：《先秦文學選》，台北：正中書局，1991。
13. 錢穆：《先秦諸子繫年》，台北：東大圖書股份有限公司，1986。

一鳴驚人

1. 〔宋〕聶崇義：《新定三禮圖》，北京：中華書局，1992。
2. 中國先秦史學會、中國人民政治協商會議、莒縣委員會編：《莒文化研究文集》，濟南：山東人民出版社，2002。
3. 王少良：〈投壺與古代士人的禮樂文化精神〉，《瀋陽師範大學學報（社會科學版）》，2012年，第3期，頁79-82。
4. 王建玲：〈投壺──古代寓教於樂的博戲〉，《文博》，2008年，第3期，頁75-78。
5. 汝安、張越：〈「投壺」歷史文化考〉，《成都體育學院學報》，2009年，第8期，頁32-35。

6.　何琳儀：《戰國古文字典》，北京：中華書局，1998。

7.　姜義華注譯：《新譯禮記讀本》，台北：三民書局，1997。

8.　夏征農、陳至立編：〈中國歷史紀年表〉，《辭海》，上海：上海辭書出版社，2011。

9.　高上雯：〈戰國時代的發展變遷與疆域圖之研究〉，《淡江史學》，2013年，25期，頁1-24。

10.　高明注譯：《大戴禮記今註今譯》，台北：台灣商務印書館，1984。

11.　崔樂泉：〈我國最早的銅「投壺」〉，《體育文史》，1995年，第2期，頁55。

12.　崔樂泉：《中國古代體育文物圖錄》，北京：中華書局，2000。

13.　張永、鄧麗星：〈中國古代投壺發展盛衰考證〉，《玉林師範學院學報（自然科學）》，2007年第5期，頁119-121，147。

14.　揣靜：〈古代禮儀文獻中所見投壺禮〉，《黑龍江史志》，2010年，第9期，頁142-143。

15.　劉一俊、馮沂：〈山東郯城縣二中戰國墓的清理〉，《考古》，1996年，第3期，頁8-13。

16.　韓兆琦注譯：《新譯史記》，台北：三民書局，2013。

事半功倍

1.　〔宋〕聶崇義：《新定三禮圖》，北京：中華書局，1992。

2.　朱鳳瀚、李季：《文物中國史‧春秋戰國時代》，香港：中華書局，2004。

3.　王興業：〈孟子遊齊紀要〉，《管子學刊》，1989年，第2期，頁51-57。

4.　史次耘注譯：《孟子今註今譯》，台北：台灣商務印書館，2009。

5.　何琳儀：《戰國古文字典》，北京：中華書局，1998。

6.　南懷瑾：《孟子與公孫丑》，台北：老古文化，2011。

7.　夏征農、陳至立編：〈中國歷史紀年表〉，《辭海》，上海：上海辭書出版社，2011。

8.　高上雯：〈戰國時代的發展變遷與疆域圖之研究〉，《淡江史學》，2013年，25期，頁1-24。

9.　馮金源：〈孟子遊歷諸國考〉，《齊魯學刊》，1986年第1期，頁49-55。

10.　楊寬：《戰國史》，台北：台灣商務印書館，1997。

11.　楊澤波：《孟子評傳》，南京：南京大學出版社，1998。

12.　劉永華：《中國古代車輿馬具》，上海：上海辭書出版社，2002。

13.　劉煒、張倩儀：《文明的奠基：原始時代至春秋戰國》，香港：商務印書館，2003。

一曝十寒

1. 〔宋〕聶崇義：《新定三禮圖》，北京：中華書局，1992。
2. 山東省文物考古研究所編著：《臨淄齊墓》，北京：文物出版社，2007。
3. 史次耘注譯：《孟子今註今譯》，台北：台灣商務印書館，2009。
4. 韋明鏵：《閒敲棋子落燈花：中國古代遊戲文化》，昆明：雲南人民出版社，2007。
5. 香港藝術館：《戰國雄風——河北省中山國王墓文物展》，香港：香港臨時市政局，1999。
6. 夏征農、陳至立編：〈中國歷史紀年表〉，《辭海》，上海：上海辭書出版社，2011。
7. 高上雯：〈戰國時代的發展變遷與疆域圖之研究〉，《淡江史學》，2013年，25期，頁1-24。
8. 崔樂泉：《中國古代體育文物圖錄》，北京：中華書局，2000。
9. 崔樂泉：《圖說中國古代遊藝》，台北：文津出版社，2002。
10. 渡部武：《画像が語る中国の古代》，東京：平凡社，1991。
11. 劉永華：《中國古代車輿馬具》，上海：上海辭書出版社，2002。
12. 劉佳：〈六博棋與中國最早的六博棋盤〉，《河北畫報》，2009年，第7期，頁64-65。
13. 劉善承、趙之云、中國圍棋協會：《中國圍棋史》，成都：成都時代出版社，2007。
14. 鄭艷娥：〈博塞芻議〉，《南方文物》，1999年，第2期，頁53-63。

水深火熱

1. 〔宋〕聶崇義：《新定三禮圖》，北京：中華書局，1992。
2. 王興業：〈孟子遊齊紀要〉，《管子學刊》，1989年，第2期，頁51-57。
3. 史次耘注譯：《孟子今註今譯》，台北：台灣商務印書館，2009。
4. 何琳儀：《戰國古文字典》，北京：中華書局，1998。
5. 夏征農、陳至立編：〈中國歷史紀年表〉，《辭海》，上海：上海辭書出版社，2011。
6. 徐克謙：〈燕王噲讓國事件與戰國社會轉型中的政權交接問題〉，《南京師範大學文學院學報》，2008年，第3期，頁28-34。
7. 高上雯：〈戰國時代的發展變遷與疆域圖之研究〉，《淡江史學》，2013年，25期，頁1-24。
8. 馮金源：〈孟子遊歷諸國考〉，《齊魯學刊》，1986年，第1期，頁19-55。
9. 楊崗：〈先秦至秦漢的熏香習俗文化〉，《西北農林科技大學學報（社會科學版）》，2011年，第11卷第4期，頁174-179。
10. 楊善群：〈燕王噲「禪讓」事件剖析〉，《歷史教學問題》第5期，1986年，頁19-21、58。

11. 楊寬：《戰國史》，台北：台灣商務印書館，1997。

12. 楊寬：《戰國史料編年輯證》，台北：台灣商務印書館，2002。

13. 劉永華：《中國古代車輿馬具》，上海：上海辭書出版社，2002。

14. 蔡慶良、張志光主編：《嬴秦溯源：秦文化特展》，台北：國立故宮博物院，2016。

15. 鄭澤雲：《淮陰高莊戰國墓》，北京：文物出版社，2009。

16. 譚維四：《樂宮之王：曾侯乙墓考古大發現》，杭州：浙江文藝出版社，2002。

後記

「圖說中華文化故事」叢書自2014年12月首發第一輯《戰國成語與趙文化》以來，2016年底出版第二輯《戰國成語與秦文化》，2019年出版第三輯《戰國成語與楚文化》，此叢書在穩定中向前邁進。雖然每輯從資料蒐集、研究分析、故事撰寫、圖像繪製，到最後編輯設計及出版花費較多時間，但希望讀者能從我們團隊嚴謹、用心的慢工編繪中，欣賞到我們的那份用心細緻。

此叢書的幕後編輯工作關係方方面面，所涉及的多元專業參與及繁瑣程序的要求，其過程還真不亞於動畫電影的製作。同仁們經過近八年來的同心合作，已建立起良好的互動與默契。因此，此番呈現在讀者面前的第四輯，不論在畫面的豐富性、繪畫技巧的熟稔度，以及整體風格的掌握上，均更為提升。我們團隊希望，能為讀者編繪出內容豐富且更具高度美感的讀物。

自叢書第一輯《戰國成語與趙文化》、第二輯《戰國成語與秦文化》及第三輯《戰國成語與楚文化》發行以來，廣大讀者包括老師、家長，也有許多年輕朋友，給予我們極大的支持與鼓勵，他們紛紛表示本叢書的知識層面既豐富又多元，歷史史實面的專述非常詳盡，戰國時期的生活風尚及環境狀況的介紹甚為深入，能夠從閱讀中獲得頗多知識。這些讀者們的貼心回應，讓我們感動不已，也成為我們繼續往前的動力。

本叢書第四輯《戰國成語與齊文化》的繁體字版即將與廣大讀者見面，令人感到欣慰的同時也更須再接再厲。這套叢書中，有關戰國成語故事的尚有一輯，即《戰國成語與魏、韓、燕文化》。此一輯也在我們的持續努力中順利推進。讀者將由這五輯戰國成語的故事中，認識到除戰國成語內涵外的知識，從而對戰國時期各諸侯國的歷史本末，相互之間的戰、和關係，各諸侯國的文化特質及藝術風尚等，獲得較為全面的瞭解。

最後，本叢書第四輯《戰國成語與齊文化》所用的出土文物照片，承蒙湖北省博物館、湖南省博物館、上海博物館、河北省文物研究所、南京博物院、秦始皇帝陵博物院、齊文化博物院、河南省文物考古研究院、長沙簡牘博物館、陝西省考古研究院惠予授權使用，在此謹致謝忱。

周功鑫謹識
2020年6月於台北

周功鑫教授，法國巴黎第四大學藝術史暨考古學博士，現為「圖說中華文化故事」叢書主編、「圖說中華文化Online」創辦人、朱銘文教基金會董事長。曾任台北故宮博物院院長（2008.5-2012.7）、輔仁大學博物館學研究所創所所長（2002-2008）。服務台北故宮博物院及擔任院長期間，曾創設各項教育推廣活動與志工團隊，並推動多項國際與海峽兩岸重量級展覽與學術研討活動，其中「山水合璧——黃公望與富春山居圖特展」（2011），榮獲英國倫敦*Art Newspaper*所評全球最佳展覽第三名，及台北故宮博物院被評為全球最受歡迎博物館第七名。由於周教授在文化推動方面的卓越貢獻，先後獲法國文化部頒贈藝術與文化騎士勳章（1998）、教皇本篤十六世頒贈銀牌勳章及獎狀（2007）、法國總統頒贈榮譽軍團勳章（2011）及中華文化促進會頒贈「2015 中華文化人物」等殊榮。

書　　名　圖説中華文化故事：
　　　　　戰國成語與齊文化（上）

主　　編　周功鑫
原創製作　小皮球文創事業
藝術顧問　紀柏舟
統　　籌　金宗權

研究編輯　張永青、劉瑋琦
資訊管理　林敬恆
撰　　文　李思潔、張永青

特約編輯　鄧少冰
責任編輯　侯彩琳
製　　作　KHY

構圖設計　張可靚
繪　　畫　王堉萍、許琬瑩

出　　版　三聯書店（香港）有限公司
　　　　　香港北角英皇道 499 號北角工業大廈 20 樓
　　　　　Joint Publishing（Hong Kong）Co., Ltd.
　　　　　20/F., North Point Industrial Building,
　　　　　499 King's Road, North Point, Hong Kong
香港發行　香港聯合書刊物流有限公司
　　　　　香港新界大埔汀麗路 36 號 3 字樓
印　　刷　美雅印刷製本有限公司
　　　　　香港九龍觀塘榮業街 6 號 4 樓 A 室
版　　次　2020 年 10 月香港第一版第一次印刷
規　　格　大 16 開（210mm × 265mm）248 面
國際書號　ISBN 978-962-04-4709-9

三聯書店
http://jointpublishing.com

JPBooks.Plus
http://jpbooks.plus